*N*ous t'aimerons toujours,
Petit-Ours *!*

Les petits Gautier

Publié pour la première fois en 2001 par Ravensburger Buchverlag Otto Maier GmbH,
à Berlin, sous le titre *Ich mag dich sehr, kleiner Bär !*
© 2001, Ursel Scheffler pour le texte.
© 2001, Ulises Wensell pour les illustrations.
Tous droits réservés.

© 2001, Hachette Livre / Gautier-Languereau pour la première édition.
© 2008, Hachette Livre / Gautier-Languereau pour la présente édition.
ISBN : 978-2-01-391491-8
Dépôt légal : octobre 2009 - édition 02
Loi n°49-956 du 16 juillet 1949 sur les publications destinées à la jeunesse.
Imprimé par Pollina en France - n° L51354

Nous t'aimerons toujours, Petit-Ours !

Une histoire d'Ursel Scheffler
illustrée par Ulises Wensell

Traduction de Marie-José Lamorlette

Il faisait un temps affreux, ce jour-là.
Tous les animaux de la forêt se cachaient dans leurs tanières
et dans leurs terriers. Personne avec qui jouer !
Petit-Ours s'ennuyait terriblement.

« Nous devons aller chercher à manger, dit Maman Ours
à Petit-Ours. Restez au chaud, tous les deux.
Petite-Sœur s'enrhume si facilement !
– Si vous voulez, dit Papa Ours, vous pouvez empiler
les bûches et les pommes de pin près de la cheminée
pour vous occuper. Et ranger un peu la maison… »
Cette idée n'enchantait pas du tout les oursons.

Quand leurs parents furent partis, Petit-Ours et Petite-Sœur
se mirent à jouer comme des fous. Ils n'avaient pas envie
d'entasser du bois. Et encore moins de ranger.
C'était aussi casse-pieds que de compter des petits pois !

« Tu sais quoi ? dit Petit-Ours à sa sœur. Moi, je trouve que la pluie c'est super pour patauger et s'éclabousser. Si on sortait ?

– Maman a dit qu'on devait rester à l'intérieur ! protesta Petite-Sœur qui préférait continuer à s'amuser dans la maison.

– On n'ira pas loin ! insista Petit-Ours. On jouera juste devant la porte. Allez, viens ! »

Il la prit par la patte et l'entraîna dehors.

Youpiiii ! Qu'est-ce que c'était drôle de patauger
dans les flaques et de faire du toboggan sur les troncs mouillés !
Les deux oursons s'en donnèrent à cœur joie : ils sautèrent
de tronc en tronc, s'éclaboussèrent de flaque en flaque
et firent même une bataille de boue.

Puis Petite-Sœur décida de faire de l'escalade. Elle grimpa sur un tronc
d'arbre posé en équilibre sur un rocher, comme une balançoire.
Et que fit Petit-Ours ?
Il sauta à l'autre bout, ce vilain !
« Arrête ! cria Petite-Sœur. Je vais tomber ! »
Mais Petit-Ours continua à sauter parce que les grands
frères ours adorent faire enrager leurs petites sœurs,
surtout quand elles hurlent de terreur.
« Arrêêêête, je te dis ! » glapit encore Petite-Sœur.
Elle dérapa, glissa… et plouf ! elle tomba
dans une mare de boue qui se trouvait juste
au-dessous. Quelle histoire ! Elle braillait,
elle gigotait, elle était marron
des pattes jusqu'au bout
du museau !
Petit-Ours n'avait plus
envie de faire le malin,
tout à coup.

Vite, il s'empressa de sortir sa sœur de ce bourbier.
« T'as fini, oui ? ronchonna-t-il. Tu n'as rien de cassé,
espèce de chipie ! En plus, la boue,
ça ne fait même pas mal. »
Mais qui arriva juste à ce moment-là ?
Papa Ours et Maman Ours…

« Petit-Ours ! cria Papa Ours en colère. Qu'est-ce que c'est
que ces manières ? Aurais-tu perdu la tête ?
– Mon pauvre chou ! s'exclama Maman Ours en brossant la boue
qui couvrait la fourrure de Petite-Sœur. Tu en as partout,
jusque derrière les oreilles ! »
Elle empoigna les deux oursons tout sales et fila à la cascade.
Là, elle les doucha et les frotta de fond en comble.
« Aïe ! se plaignit Petit-Ours.
– Atchoum ! éternua Petite-Sœur.
– Il ne manquerait plus que vous ayez pris froid ! » marmonna
Maman Ours, pas contente du tout.

Papa Ours les attendait à la porte de la maison.
« Entrez vite ! cria-t-il. Je vous ai préparé une soupe brûlante
pour vous réchauffer. »
Maman Ours courut chercher deux draps de bain,
frictionna les oursons et les enroula dedans.
Ensuite, assis sur un tabouret devant la cheminée,
ils burent leur potage aux champignons.
« Atchoum ! » éternua de nouveau Petite-Sœur.
Maman Ours lui jeta un coup d'œil inquiet.

Dans la nuit, Petite-Sœur eut de la fièvre. Maman Ours
la rafraîchit avec des compresses mouillées, pendant que
Papa Ours préparait une tisane au sureau avec du miel.
La petite oursonne pleurait. Maman Ours la prit dans ses pattes
pour la bercer.
« Je suis désolé, dit Petit-Ours qui s'était réveillé. Je ne voulais pas
qu'elle tombe malade ! »
Petite-Sœur renifla et se pelotonna contre Maman Ours.
« Tu aurais dû y penser plus tôt ! gronda Papa Ours en ajoutant
une autre cuillerée de miel dans la tasse. Moi qui croyais
que tu étais un grand Petit-Ours raisonnable, je me suis trompé ! »

Petit-Ours ne réussit pas à se rendormir. Il avait le cœur gros,
parce que tout le monde était fâché contre lui – et parce
que sa sœur était malade à cause de lui. Que pouvait-il faire
pour réparer sa sottise ?
Il se leva, prit sa chouette en bois préférée et alla la poser
près de Petite-Sœur, sur la banquette.

Ensuite, sans faire de bruit, il empila tout le bois et toutes les pommes de pin le long du mur, bien comme il faut.
Quand il eut fini, il mit la table pour le petit déjeuner.
Puis il retourna se coucher.

Le matin, à son réveil, Papa Ours se gratta la tête d'un air étonné.
« Ça alors ! marmonna-t-il. Tout est prêt, et la maison est si bien rangée ! Les lutins de la forêt seraient-ils venus chez nous, cette nuit ? »
Caché sous sa couverture, Petit-Ours ne bougea pas.
« Ces lutins sont très gentils, dit Maman Ours. Je les aime beaucoup.
– Moi aussi, dit Papa Ours. Je les aime même énormément. »

Alors Petit-Ours sortit la tête de la couverture.

« Et moi ? demanda-t-il. Vous m'aimez aussi ?

– Bien sûr, mon chéri ! »

Maman Ours s'approcha de son lit et lui fit une caresse.

« Autant que Petite-Sœur ? insista Petit-Ours.

– Exactement pareil, affirma Maman Ours.

– Tu me prendrais dans tes pattes et tu me bercerais aussi
si j'avais de la fièvre ? »

Maman Ours réfléchit un instant, puis elle se mit à rire.

« Ça, je crois que je ne pourrais pas. Tu es trop grand et trop lourd,
maintenant ! Mais je te serrerais très fort contre moi. Comme cela ! »

Elle l'entoura de ses pattes et lui fit un énorme câlin.

Petit-Ours était content, à présent. Il regarda sa sœur, perchée
dans les pattes de Papa Ours, et dit :
« Je ne te ferai plus jamais tomber dans une mare de boue, je te le promets !
– Bof ! C'était pas si grave, finalement, répondit Petite-Sœur.
La pluie, c'est fait pour patauger et pour s'éclabousser.
– En tout cas, la prochaine fois, je m'occuperai mieux de toi, assura Petit-Ours.
– J'espère bien ! riposta sa sœur en gloussant. Sinon,
c'est moi qui te pousserai dans la boue, espèce de pataugeur pourri ! »
Petit-Ours sourit, soulagé. Si elle avait retrouvé sa langue de chipie,
cela voulait dire qu'elle était guérie.